初醒如飛行

李蘋芬

李蘋芬

一九九一年初夏生，師大國文系、台大中文所畢業。愛小動物和美的事物，駭怕巨大岩石、水晶和洞窟，曾獲詩的蓓蕾獎、台北文學獎等。

李蘋芬的詩具有冷靜與甜美的雙重性質，能在尋常事物中以靈視分開海水。熟悉台灣現代詩的讀者當可辨認出她的養分和轉化，願在高速社會中尋索細緻感覺的讀者，亦可於這部詩集中得到滿足。——楊佳嫻

李蘋芬的起步是成熟的。她不像初期的習作者，僅止於造句、鍊句。她最好的詩，是細細描繪生活的日常，用獨特的敘事手法，旁觀他人與自己。在詩與生活的踐履中，迸發雙重鏡象，相互映照——且能擷取兩者的靈魂根性，在具象與抽象之間游刃有餘。——零雨

插下一面風旗——讀李蘋芬詩集

陳義芝

李蘋芬寫詩有一種聰敏的純真特質，
聰敏是她的詩眼，純真是她的詩心。

二十一世紀是社群媒體時代，網際網路的交流掌控了人的作息與心態。回顧新詩發展，百年來歷經好幾代詩人的建構，創作的河道看似愈寬闊，實則前方仍藏有險流、暗礁。許多人在喧鬧中發聲，不必靜下心就能書寫，這是險流；體式花招變多，語言腔調趨同，這是暗礁。重巧趣而不重警策的風尚，固然凸顯了新時代風情，但就文學論寫作，畢竟輕忽了沉吟的苦心、錘鍊的工夫。

一九九〇年代出生的李蘋芬在這樣一個時間點出發，潛心詩藝，既啟蒙於臺師大，復鑽研於臺大，以沉穩不失清奇的抒情韻致，發憤寫詩，為自我定位，更為理想畫像，其含苞待放的姿采，十分突出。

她的第一本詩集《初醒如飛行》，以〈活著〉一詩開卷，抒吐，叩問，祈求，展現思維感受，描寫生活重複的樣貌如「枝椏式疊影」，在不變的日子裡「期待大風大雨」，「每天練習／與另一人對視」，渴望「再見遠方被拯救的藍鯨」……。與她對視的「另一人」，無妨是內在的我，每天不斷地思索如何好好活；藍鯨則是海中體型最大的動物，有滅絕之虞。蘋芬以個人日復一日的平凡瑣事，對照藍鯨的命運，深心底處縈念的正是像藍鯨生死般的不平凡。第二首詩〈每一扇白色的門〉，作者未「明示」是什麼樣的門，讀者只能憑感覺。最後一節：

我總是醒來
伴隨暈眩
焰火自水中微微顫動
欲望在廚房的邊緣迸碎如蘋果
掉落。讓我們去喚醒
不識歌謠的女巫
去潛水，去跳舞，去推開
每一扇白色的門

白色的門在她筆下，彷彿宇宙洪荒無形的關卡，是時間、空間、形象、聲音所幻化——等待她開啟的渾沌之門。白色是原色，如透明的水、透明的空氣，身體的欲望起落，醒夢的界線消融，「推開每一扇白色的門」，想像心無蔽翳，天地無阻，人牛的功課約莫如此。

蘋芬的力作，語境凝聚，而多有深沉觀照。語境之塑造，成於語言的自然、意象的新穎，〈醒在果核上〉可作例：

草在長
玻璃在碎
雲和果皮在黑
鐵皮屋在醒
皮膚的汗
在熟

非常有身體感。草不再是草，玻璃不再是玻璃，全成了身心靈的借喻，果核的象徵於是變得曖昧歧義。〈行車紀錄〉的「行車」也不是行車寫實，而是生命經歷的暗喻。其中的英文字母既是角色代稱，又有形體姿態，引人遐想，詩行且有似不經意經營的音韻之美：

公路何其筆直
與蜿蜒，我的A仍是B
C呢我們丟開外套好嗎一起拋棄
一顆熟的蛤蠣貝殼好嗎
H換我來唱一首新編的搖籃曲
打開前方的地圖指認
離家很遠的公里以外
是海

獲得第二十屆台北文學獎的〈週間許願〉，以各種情境使生之意義隨日子流轉而開合，寫情具象，形式靈動，也是一首令人稱道的詩。下引二、三節供讀者參詳，欣賞吞吐語法、快慢節奏形成的音聲跌宕：

第二天，我有被束攏的髮
讓那些你以為紛擾的，都安得其所

我是愛，願寫在每一道掌紋
有的摩挲成吻，有的囚清洗而潔淨
在初次通往戀人公寓的樓梯
走路就是升騰

當我是只為一人建築的屋頂
（第三天。）黑色的雨落在肩上
孤獨就永遠是牆內靜默的獸嗎
我在墳場，不忘生者眉間的祕密
或者，我只能是一枚刻壞的印章
保留你因純真而閃神的最初
當你幾乎是憂鬱，第四天——
我是疼痛，眼淚都有來歷

束攏的「髮」，愛的「掌紋」，「吻」所牽連的唇，走路的「腳」，雨落的「肩上」……以至於眉、眼、心思，無不映像清晰，層次乾淨。「走路就是升騰」，表喜不自勝的跳躍；「眼淚都有來歷」，表切切實實的傷心疼惜。

年紀輕輕的蘋芬還寫下一首耐人尋味的論詩詩，題名〈最困難的事〉：

開始最悲傷的是
我滿手詞語的偶線
左邊揚起下巴，肚腹壓扁
屈膝，我寧願在它們之間
右邊剪去指甲（過剩：執拗與不潔）
忙於望顏色，眼球有藺
句號是呼吸，善妒。妨害安寧
分號花稍，口語擁擠

詩如人體，是詩人用詞語操控的人偶，蘋芬創設這一象徵體系，表現搬演的景象，起初不知如何下手——選材、選詞都是詩人的挑戰，始於揚抑的氣韻，逐步推衍，以至於刪裁冗贅、檢視盲點、維護詩意……證明寫詩是最困難的事，須全心投入、體驗，才有心得收穫——如她的後記〈後知與幻覺〉一文所述：

> 我以為苦，獨自作業，磨礪得手生繭；我愛直覺勝過等候，隱隱閃爍的，比我遍地搜羅的更珍貴。轉瞬間，我復重獲歡愉，手舞足蹈，毀棄地誤認自己，又替她把臉洗淨。循環往復，舊調重彈的薛西弗斯式步履。我仍羨慕詩，把人生的錯誤和疏漏重建得那樣好。

「薛西弗斯式步履」，指徒勞地推石上山，雙關日常制式生活及創作者須避免的寫作套式；詩所「重建」的，是心靈、是精神、是感受。短短一段敘說，竟藏有非單一的意涵。

詩貴反俗！惟能跳脫個人的現實拘執，將筆意盪開，另造迷離情境，表現普遍、必然的人生，才不落俗。試看蘋芬寫的〈新居〉，即採低調口吻營造生死攸關的深情，拉高拉遠視點，說父親「你正前往／荒僻的遠山丘陵／尋找家、田畦與後花園……」，問父親「我吵醒了你嗎／你把車廂黑窗當成鏡子讓時間端詳……」，情節不必是自傳，而係為人代言，讀者觀看上下兩代搭乘的生命列車，不斷向前帶著渴望、不安，在寒涼的夢與現實，得與失、光與暗之中，蘊蓄熱淚的溫度，教人感動。

古人說，文不逮意，是詩之難。詩人知道要妙悟，要隱奧，但如何能做到？此難「非知之難，能之難也」。李蘋芬以《初醒如飛行》這本詩集面世，顯見其「鶩鶩八極，心游萬仞」的情志，已跨越艱難寫詩的第一道關隘，這成績既是她個人的里程碑，也可視作新世紀詩人在詩壇插下的又一面美麗風旗。

二〇一九年二月二十三日於紅樹林

目次

輯一　白色的門

輯二　偉大意義的投降

輯三　密藏秋天

輯四　比星河更遠

輯一

白色的門

活著

任何事物都有裂隙，因此光明得以進入。

——李歐納·柯恩

好好活著
懷有純真的心
生活是複數版本的過去
枝椏式疊影，每天
我向摯愛的自己告別

每天我渡過新的夢境
撕開壞消息，重新剪貼
不變的日子我期待大風大雨
每天練習
與另一人對視

好好活著
就能再見遠方被拯救的藍鯨嗎
發生渺小意外的每一天
像割傷的指尖。偶爾有些癢
每天我撫摩貓爪，喚牠乖又親牠
多愁的裙擺為牠暖和
冀求牠長得像我
時間是冰涼的，河的顏色
一起偷窺神在離去時
打翻水杯

我仍在做平凡的事
喧鬧中將自己蜷抱成一顆卵
站在礁岩上
第一眼認出藍鯨

每一扇白色的門

我坐在水中
水坐在白色裡面
白色的石頭。手臂。風箏。
我向棲身夢中的人們告解
白色在印象派裡翻灑
起身為瀲灩的雲
容易生皺
容易散

總在寅時，我醒轉他方
當未知的神
赤腳通過
這一扇不再是門的門

這一葉，眠床如舟

我總是醒來
伴隨暈眩
焰火自水中微微顫動
欲望在廚房的邊緣迸碎如蘋果
掉落。讓我們去喚醒
不識歌謠的女巫
去潛水，去跳舞，去推開
每一扇白色的門

蟬聲大噪

他生日的這天無法決定
如何慶祝
熱得很，那赤裸的空氣
亮晃晃地像落後於
主流的憂鬱

他許願成為一個容器
並在六月開始密封
許願自己成為唯一保管的人

分手的情人
不曾施予他親暱的小耳光：
你怎麼任憑自己跌倒

你應該在家族聚會的餐桌上保持微笑

生日的這天
他已不想如何過
沒有人攜來清酒跨過他的門
沒有人把大葉合歡變成火
儘管這空氣適合手舞足蹈
在那開了窗戶
卻關了紗窗的地方
蟬聲大噪

左眼的淚水散落在單車疾駛的風中
右眼還記著今天
今天是他的生日

最困難的事

——論詩

開始我們都不難
躺下，無非是偷聽水泥的心音
騰空離地，替植物造影
忠誠的恨，遍及所有人的身世

開始最難的
是將自己無縫摺疊
是好好的活，並當作安全
開始最悲傷的是
我滿手詞語的偶線
左邊揚起下巴，肚腹壓扁
屈膝，我寧願在它們之間
右邊剪去指甲（過剩：執拗與不潔）

忙於望顏色，眼球有鹵
句號是呼吸，善妒。妨害安寧
分號花稍，口語擁擠

左手與右手，一個個都喜歡形上學
最悲傷的詞語兀自有了完美臉孔
它開口，屏息且含句號如櫻桃
而最難的，是落雨前
它們長出斑點

明天

——記福龜

我折斷了
橙色的褐色的落葉與枝
入火，生煙
煙霧漫漶好像
我不能預視的將來

我嘗試居住
斜坡的斜坡之上
豐收一株飽養整年的小樹
金黃的果肉們啊我輕輕捧起
他們不至墜地
他們瘦弱得正好
而我知道剪斷了的枝

是新生

摘落滿身鬼針草
近來，我的日子
在不同的海拔之間逡巡

落日在遠方搖晃
斟滿了一杯新釀的酒
那些不屬於我的
好像
一一成為我的明天

家居四帖：靜物與火焰

1

身體末端
開始變得透明了——

薄荷刮鬍水，早餐
和菸蒂的氣味
落在腳邊
廚房裡，幾乎透明的末端
著起火焰

2

早晨的雙人餐桌
因為過早而沒有聲響
空氣中沒有人回答
他嫁禍給那些
可愛的小丑

在鏡子前表演拋球，變魔術
摺不壞的紙飛機
表演馴獸的
貪心小丑

3

像在肯特紙上素描
在日子與陽台之間
遺忘與抽屜之間
蟲虫遺骸與薰衣草之間

拉起直線，拓出陰影
每件靜物都在
模仿一張臉的表情

4

髮際長出芽，白首鳥暫停鼻尖
浴室氤氳如起霧的秋
如費解的迷宮

他以為自己也能是樹，或平原
以水，以初醒的呼吸
抵達身體的最裡面

無知的我們

一道久違的晨光
落在柿子的陰影旁
水杯裡有回音，如鳥鳴時胸口的震動

我吐出一枚，無註解的果仁
我吐出一枚，索討愛意的果仁
睜眼時有數字，它們的象徵轉換不迭
財富，家屋或肉體——
揣想紛飛的紙片
此地鞋印斑駁，忙碌的我
何曾去過哪裡

對於生活，對於圍牆重建

對於屢屢經過的陌生人之間
眼色交遞（啊我確實有意）
可惜了八月。我寧願是仙人掌
而不是小狗的頸圈，寧願是潮濕的泥
不在未打傘的人耳邊停留

當我恰好用一頁的字
換來一道豐滿晨光
路上的人，紛紛投我以無知的眼睛

醒在果核上

草在長
玻璃在碎
雲和果皮在黑
鐵皮屋在醒
皮膚的汗
在熟

謎語一般可愛
的草，你種的透過
玻璃像貓眼
那樣驕傲
黑而且亮

我站在角落
來自發汗的雲
若不是熱
枝椏也有黑色
醒在一顆果核上
屋裏都是壞掉的草
我踏出泥

次日
交還名字的部首
給那些
眼裡的荒原

名字

——夢的筆記

我站在霧色玻璃外面
看見自己的名字
一掌盈握的大小

當灰髮的老人問起我
答以瘂弦
答以伊塔羅・卡爾維諾
他笑了，沾覆雨水的手指
在空氣中寫下，我漏失的名姓
——三個字

那日草色郁然
隻身的蜂，覓尋像花的物體

他彎著身軀，帶來一列啞光的筆畫

雨聲漸漸停了
在我腳邊，忽然
羅織著一群孩子隊伍
每一個五官皆模糊不明
計謀通往百合垂首的河濱
而我知道
他們每一個，皆可能
發出曾與他相仿的，我的聲音

活著之後感傷

別開燈，這件事我只告訴你
我在地震後的斷橋下
發現一些多餘的身體，是我的
我能認出熟悉的弧線
鐵軌是蛻去的蛇皮

你在停電的下午告訴過我
有一天，你遺失花園的指南
你學會閃避
發現一道絕對隱密的陰影
躲藏是冬日編織的毛衣

所有的問題，有如一隻象

撫摸親愛的骨骸
（拾起一朵花，放在你眉間）
懂得象語的親族已不在那裡
我看見牠，像看見雪地上的一塊石

出不來了，這件事我不告訴你
我在永遠停駛的車廂
找到更多，多餘的東西
你給我的單程車票失效了
啟程時間被撕去一角

象的小事，我過了很久才想起
我記得牠堅韌的皮膚
因摩擦而斑白，生蘚
有一天大水將再次
淹沒牠的花園

無神的午後

天空之上是我的葬禮——茨維塔耶娃

一群清秀的臉向我走來
在我喊出他們的編號之前
跌成一地玻璃
與金魚

是我成為母親的時候了嗎
他們是夏季大三角的形狀
歌劇般的午後
我在天空的坑洞裡掘出金子

瞳仁不再被當作居所
若我們明白
今天是一只玻璃杯

還有一個今天，或許是峽谷
一群清秀的臉向我走來
（為了無神的儀式而來嗎）
蛋清般的天空之下
現在應該，要輪到下一個人歌唱

一年之初

——在旗津

渡輪依約載滿
嶄新時間的刺鼻味
畫新的尺規，且戴上草帽
不見霧霾仍在近處
目中風景
將心底雜蕪填入瓶身
我看見自己是烈日下浮動的浪

日落海濱
未有來歷的雨
曠廢已久
盡責寫一部小說
重置自己是更替舊衫的植物

海浪的銀線是魚

一年之初
過去，那些沒被接住的笑話
還未翻身就遺失的問題
偶然時候
仍孩童一般地
大聲跳舞

行車紀錄

我的A是B，我的C是H
坐在離家很遠的斑馬線上
皺紋生在一雙不認識的腳踝
兜風好嗎，沸騰好嗎
甜蜜地昏睡也好。遮掩耳朵
親近聾的狀態
蝦子蜷臥的狀態

我的A是B，而我的C是H
持續單音節的唱和
拎一把乾燥的傘
儘管外頭是無雨的無風的清朗
展開地球輿圖讓世界貪婪地看

而我不看

後照鏡正節儉地認識
公路何其筆直
與蜿蜒，我的A仍是B
C呢我們丟開外套好嗎一起拋棄
一顆熟的蛤蠣貝殼好嗎
H換我來唱一首新編的搖籃曲
打開前方的地圖指認
離家很遠的公里以外
是海

假定我與世界

沒有人給我寫詩
讀者們拿來透明的地球儀
透過經緯線看我
我的臉被時差跨越
我的眼睛與胸口之間
氣候帶反常迴轉

寫詩的那人
在陌生與傳奇之間
拉起故事的邏輯線
本質，先於我的出生
每次伸出手
都有無數個小孩朝他跑來

從廣場來，從沃野
從島嶼八方的海洋裡來

耐心的讀者們
仍被假定為不特定少數
世界聚成一片佈滿孔隙的網
我從裡面拿起一只硬幣
讓鴿子啣住
讓牠們飛

十年

14

十四歲的詩很容易
模擬母親深夜曬衣
月亮潮濕地遷移
因為那裡總是有雲
很早我就知道：尋找無性別的筆名
誤解自己過早地老於一個少女
身體是平的就像未曾發育

開始的詩是碎裂的悲情的歌
潦草歌詞該要即興地哼
夜自習鑄了一批新詞

我以手指和嘴唇任意捨棄

18

十八歲時所有緊閉的門都敞開
世界沒有門，百摺裙可變
南陽街也可變，慾望的白日夢也可變
那是真的——世界是十八歲的
我執意居住，戀慕而抗拒
有如少女無法真正否定一個人一件物品
十八歲時以為詩，我理解的

當人們將算數與詩演繹為相同結論
（第三象限，時間也附減號）
清晨六點在三角函數與十月革命中朽壞
黃昏把嫉妒孵成一顆畸形的蛋

24

屬於二十四歲的東西變得很少
陌生人變得很多
一樣的黃金雨潤澤不同的土壤
孕育辯術與傷逝的空氣
白日夢依舊奔跑，醒後
想起我躺在沙漠
你見過學院的牆後那棵南來的喜樹嗎
它該住進溽暑，那裡蟬鳴如雷

二十四歲時寫字是生活
二十四歲時我坐在喜樹下
所有事物都是複數
演化出尾巴就像費解的S
連我，也是

輯二

偉大意義的投降

比較愛的那個人

通常竹榻的夏日的龍眼與電風扇
純粹擺在老家的純粹無辜
他出生為小孩
忙於彎曲討好與旋轉孤獨

隨時，按錯一個鍵
就被迫裝入錯誤的槍管
列車磕碰在平原——
那麼多年他苦候擊發的子彈

單車駛過拱橋
太陽流下絲瓜花的豔黃
奇異的字眼

隨時敲擊他的少年
迫近遠方之城
很少回家

遠方之城
人們晏起晚歸
偏好精緻的玩笑
與河濱——迫近家的幻象
舊建築突出山間像疣
他經常，在窒熱的小廚房寫信

那麼多年他維持骨骼完好
卻難以相抱
他們不知道，他早已留給
比較愛的那個人

一起看完電影的日子

一起把電影看完的日子
到底出現了
他予我新的練習
詞序倒轉，事物將美

日子把電影看完
練習一起倒轉事物的尋常
獨自划小舟載滿河流
往山的最深處

春雷越過高牆
困乏之蟲拾起蜘蛛的心
如果他記得，我都將給

且讓如茵的草望向
初生的天使
望向新的終局

一幕空景將他安放於屋頂
屋頂上，黎明輕易出現
春雷劃出霧般的天際
那樣的日子
也許他記得，我將停留
一起把電影看完

無所指向的閃電

我們一起天黑
取消眠夢
顛倒日常的次序
開始奔跑——
我為你寄出情書，為你
點火，以為愛的隱喻

十月甜如啤酒
我將經過的碎石，紛紛
謄寫為字
養活黃金葛
拍下蜘蛛的鬼臉
引頸接住詞彙一般的水滴

接住，那些夢的發生
醒在長醉的假日
終於成為無所指向的閃電
讓雷鳴震盪，讓它無所保留地劈下
因為愛
我們追逐生活的剩餘

我偏好誠實與擁抱
勝過蒐集話語的泡沫
只要我們其中一人善良
以蝴蝶為骨
追逐蜜的來處

無聊人間運作

愛人偏好磨牙
把我磨損
撣棉被，濾乾了水
昨天的雲渡過今天的
眼睛。每個第一天
我們行經公車站
醒時他仍體貼我的肉
晚了，他換燈泡
篩出明亮的字

他好心存錢，規律慢跑
他讓我放心
逃離古典時代

（第一句話他說
妳隨時有倖免的優先順序）
他讓我把他扔進冰箱
做芳香的果皮
他讓我洗
在第一天我愛上他
如此豐贍，又復如此——

無聊的人間運作

我向他說
最好的戀愛是愛上另一個自己
最好，是可貴的病著
我丟掉一袋詞
我需要愚笨
急迫做一顆敗壞的芒果

而他滿手濡濕
而他目光冉冉
而他不是我

偉大意義的投降

什麼是夢或者黎明
什麼是一個人猶疑
兩個人有一片未知的草地

貪看過期電影
輪流向時間告密
我願意我太願意，打開自己

什麼是討厭狩獵的狐狸
什麼是我喜歡那椅子而你說不必
什麼是高冷大廈裡
被動的玻璃，什麼是……

延續環島旅行
交換所有人的硬幣
我和你和他們的自己
你願意嗎，我說你願意

什麼是不聽許願的星星
什麼是不勞而獲的蜂蜜
所有所有偉大意義投降並發出聲音
次日天氣晴
我願意我和你
兩個人一身草腥

五月八日下午

——記宜蘭舊書櫃

水溶溶的窗
人們在窺望
遞出臆測的手
遞出咖啡，杯如雀鳥
偶然躍上書櫃間
掩映樹影
遞出
私語式回答

咬嚙指尖的冊頁
翻越我行旅的途經
舊皮箱，圓舞曲的起步姿勢
聰明的幻覺

恰好填滿虛線

詩人需要行口
畫押鑄為銅幣
納進心懷
吐氣成為金色的天賦

備好椅子與燈
一頁狡猾的空白
我的愛人已經上路

註：舊書櫃，近宜蘭火車站的獨立二手書店，舊址為宜蘭行口，於二〇一七年夏天歇業。

新生

近來，我開始揣想老年
總把手稿遺落在迷宮
待你撥弦，哼起民謠
數數我們一起見過幾回紀年
黃金葛擺在浴室
提醒我們事物的全部衰榮

開始習慣，整個下午聽火車
為了永遠不能是對方的起站
而憂傷，像一疋粗礪的料子
我與你共穿那衣
慶祝那布滿擦傷的豐饒身體

終於你抵風而來
剛剃的鬍髭像磨好的刀
貓舔了我的傷口
像你對我做的。
或者，八月，你終於把過去呼喚成幽靈
夢中我們濕髮同行
你為我洗頭並把我包裹

當你站上天台，空氣明亮
宛如中暑的徵兆
我們再也不夸談乾淨的過去
傍山的寧靜甬道，與輕氣球
或者談談我曾有不開窗的單人房
養著多刺多肉的植物

今天的天空，適合晾乾過去剩餘的水滴
你曬上亞當一般的微笑

夾起女子胸衣，等待著老
在我們的家，窗櫺泛起春日的顏色
繼續生長

你不在的時候

你不在的時候
我翻過的書頁是斧頭
趁你背光，把你的頭摘走
送給遠房親戚
央他們珍視直到有天我折返去取

你不在的時候
我的確過得像
一盤晚餐吃剩的鍋貼
只有我們拜訪的
無趣的郊區博物館

你不在的時候我毫無矛盾地成為

乖馴不哭的小孩
哭原本就是
給你一個人看的
嚶嚶地讓你抱

更奇怪的是
你不在的時候
我為你曾經非常快樂的事實
感覺癡迷與腐壞
像一群螞蟻
溺死在酒瓶底

未來考古

屋簷承受著雨，在夏末
今天起，走入野狗散步的沙灘
看海的人，在浪的敲擊中暈眩
鯨豚跳舞，遙遠的遊戲。
看渺小的島，孳衍未竟的故事

你關心天象
遙望山巒的軀體如何為霧氣奄息
指縫有沙，流進愛人的心
與陌生動物一起
等待雲縫間初生的熱
探測這想像之外的宇宙地形

我們懷中的嬰兒，剛剛學會了
愛撫我的眼睛，指出你髮如蓬草
身體側臥如山的蓊綠
（即便我們已從此刻老去）

他剛剛發現了，第一次潮汐
當煥發磷光的蟲子，沿石頭鑽入黑暗
月球行走的軌跡，一路往西

未來有人在此地考古
判定結果不宜生活
我們的水泥房子，冰箱，果凍般凝住的
玻璃時光。漂流為海底棄物
地表皺摺，斷裂如沒有終點的樓梯
不願移居的人類口舌乾燥
記憶著最初的露滴

懷中有嬰兒，嗚咽如幼貓
（倘若我們已遠行）
他的皮膚，流著我的海洋
在他耳際，響起你仰望山群時
有雷聲滾動

十二月

往無數個通往天台的樓梯
我拔腿而奔
逃生口——
你坐在那裡，使我走去
為何黑夜偏要為我燃起焰火

小鎮街燈，你一一捻熄
沉睡時你守望我的窗
你是，我悉心重改的語序
未抽的煙，鑲銀白飛鳥的戒指

你是十二月抵風的骨
善於等的蝸牛

一顆天生的痣長在耳輪
即便獵人
也怯懦地厭恨追捕

我甘心成為你的模樣
奔跑還沒停止，你甘心我是你
後頸一株梔子花刺青

週間許願

啟程日的車廂外，陽光穿行
鄰座少年唇下的鬍髭
年輕得不可思議

第二天，我有被束攏的髮
讓那些你以為紛擾的，都安得其所
我是愛，願寫在每一道掌紋
有的摩挲成吻，有的因清洗而潔淨
在初次通往戀人公寓的樓梯
走路就是升騰

當我是只為一人建築的屋頂
（第三天。）黑色的雨落在肩上

孤獨就永遠是牆內靜默的獸嗎
我在墳場，不忘生者眉間的祕密
或者，我只能是一枚刻壞的印章
保留你因純真而閃神的最初
當你幾乎是憂鬱，第四天——
我是疼痛，眼淚都有來歷

第五個晚上，成為夜歸的人，讓星辰引路
仰望令我不致疲倦
河面皺褶，暗示有風
鴿在振翅。不追責島嶼的身世
我擁有熟悉季節的嘴唇
當第六天的果實落地，我是蠅
第一個怦然停佇

第七天，我終於成為塵埃
覆於燈火，養育失眠者的廢墟

你不用再擔心醒過太長的時間
等候每一次遊晃，不怕露出原形
我願自己是那一道心上曲折
為你譜出透明的歌

輯三

密藏秋天

在母親的房間

母親住進來以前
我安置每一件傢俱
她的地圖漸小
從窗台開始，學習樹的學名
生衰的方位與影子
默記不同深淺的蟲蝕

她住進公寓房子
我的眼睛像她，鼻子不像
在母親的房間
神祇有人的知覺，祂們橫臥，戀愛
與貪嗔。她給我平安與永恆的錯覺
我們一起簡居防火巷

走進傾斜的頹牆，我們一起生活
乾燥，而顯得一致的日常
沒有燭火甚至沒有風

母親喝的水越來越多
喉嚨焦灼如兒時的噩夢
飲水之間，電視每天
反覆傳播娛樂消息
她熱衷，為我一一轉述
吐成語句，被浪帶走

睡眠的海洋高溫擴張，漫淹記憶的窪地
（她曾是，其他孩子的母親
她曾有，海峽另一端的生活
方言走音成一千種聲腔
我的舌已不能模仿）
她在北方的炕上烘起一爐子熟爛的冬

她曾圈養一群雞，一座黃土院子

她展開世界地圖
指出太平洋上突起的島，我們的島
它是疣，感到痛
它是密封的氫氣，兀自膨脹

母親很少，從詩裡認出我
好像我同她一樣
都是鉛版上的一個姓名，被重複印刷
但是她知道嗎
每一次印刷
就像一樣的魔術背後有不同的呼吸

我睡在母親的枕上
她把失眠遺傳給我
將我留在月台。不期然下一班車的來臨

讓空調把晨曦轉進來
輕輕的，輕輕……

回來

——給祖父

他回來，挾一片枯葉
故鄉是無人守候的城
煙硝在兩鬢仍有火花如星
在陌生地，偏安時光中他屢次提起
戰壕有泥與傷口，為衣領染上光澤

他走出洞穴，一臉烏黑
我們曾以共同的語言
解釋生命的瘢痕
他回來。小村的晨曦有公雞叫嚷
懸掛先祖話語的斗室
聲音，迴旋於脣齒

總有一些往事反覆造訪
他喜歡自己是相片中那少年模樣
他喜歡黑白時代
多麼淒美，不需要轉譯
島嶼將是定錨的船
異地的雨在夢裡如魅
他回來。手握鑰匙生滿銅鏽
垂死之鳥偃臥青草地

倘若他信了
殺伐過的雙掌，也能輕撫新生的幼髮
學步的孩子朝他奔去
他聽懂了我
汗水是葉脈上的露滴
我灼然的目光，每每使他憶起自己

他枕著蟬鳴午睡

不幸地愛著故鄉的語言
他白髮漸疏，側臥於蟬的合唱
村落的磚瓦在夢中傾頽，紛紛淋雨
而他換得一面窗子，一池金魚
換得時光重生為花蕊的種種可能

完全正常

你的眼睛完全正常
只是血液多了一點糖
你的骨架，完全好看
彷彿故事的線條
有的疏朗，有的非常蜿蜒

你的身型演化完全自然
健康的句子，必須種滿落地窗之外
他們都非常友善，關心
你的夢，特別是走錯位置的那些
他們，非常願意愛你

你的名字？

血型，精神的鐘
內衣的邊緣，或恐懼症
例如最討厭哪一個數字
你的記憶。亂扔的襪子。茶杯
依附霉氣的，日記體情書。
完全，馴良歸位——
「請問大名？」
「739號請至五號檢驗科抽血。」

你睡不好，對人群太費心
自體繁殖，人間過敏
你拒絕表演任何勤勞的機器
每間診察室，美食街。酒精洗手
完全潔淨
轉角過去之後還有轉角
我只好再說一次
你的眼睛

完全正常——
你的手腳，頭顱，左右心房
還有，時間迸出的
暴躁音響

新居

父親，我們終究沒有一間屋子
破舊的圍牆上有了青苔
我們都看見了
離開橋墩，踏過河之後
親手造一把鑰匙
我們可以任意開啟任何地方

我的父親，想你已不再臆測
我仍朝暮幻覺著
養一群小貓並長居巷弄的寂靜
背離城市，你正前往
荒僻的遠山丘陵
尋找家、田畦與後花園的跡象

父親，我們擁有一幢新的舊房子
我終究沒有搬離
像寄物占據一方漸冷的陽光
像島嶼躺在不安的板塊上
季風在冬日穿行而去

你仍愉快地守護清貧
父親，我吵醒了你嗎
你把車廂黑窗當成鏡子讓時間端詳
越過你的眠夢，我遠眺
蜂擁燈火
那方有家

失約——致韋尼克

韋尼克，我依約覆誦你的名姓
嘗試圓脣並捲起舌根。不被意義降伏
故鄉的國語，冉冉碎裂
成各自不關聯的列嶼
成青空中失序的雁
零落至無處撿拾

我的手臂細瘦如雨淋過的柴
頭顱是一座狼藉的城
熱鬧不堪
你如何耐心地令它們從厚壯轉成貧瘠
韋尼克是我今晚再也不會造的夢境

重覆鎮日，病床之畔
一個女子留鐵灰齊耳短髮
叨絮如我的妻
我空白著耳如學語的小孩
每一個字彙，都是新的柔韌的
她字字句句韻腳漸輕
而我話音鋒利
在各自的宇宙疾疾奔行

韋尼克我再也不能照期修繕你
若你仍安然潛在我單薄的軀體
寄給我一封短箋
或者一片花園
裡面密藏舒涼乾燥的秋天

註：韋尼克氏失語症（Wernicke's Aphasia），患者能夠聽見聲音，但無法理解語言的意思。能組織語法上正確的句子，但沒有能力在句子中表達任何意義。

青春自述

——二十歲前夕

1

像是多日來醒在
陽光誤闖時曬暖的被角
你的憂傷不耐是一張虛構的大洋
你越是記得青春，越難以厭煩
在零落的雨陣裡目盲
在金色的空氣裡殷殷期待

2

你低頭清洗臉頰
鏡子裡的女人惦腳張望

你孤執於幼時亂語的幽靈幻想
他們穿白衣且衰老得
重複昏睡在海馬迴裡
（呼吸，呼吸，造夢而揚嘴大笑）

二十歲如同十四歲
報紙左方鑲嵌陌生人的字
她比你擅於想像與跳舞
擅於布置眼神的寂寞，直到它們像鬼魂
鼓譟成失眠中惡戲的慣犯

3

像是你餵養的鬥魚晃蕩牠艷麗的尾鰭
太多天涼的夜晚捻熄焰芒
牠不再游泳，或撞牆
你不凝視牠白色的瞳孔也不願望

另一隻相同的魚對你生氣

彼時你窄小的夢裡
正堆疊無數隻沒有水而仰面的魚
（你的齊耳短髮
不如魚光亮的鱗）
夏天顯出瘦瘦的樣子，你開始咿呀學語
偷竊般敷衍一行憂患的隱喻
容易，被煙火燙傷

4

在你的居所
時間不屬於哪一個族類
習慣矮牆背後短暫的失語
季節總是姍姍，不受任何溫厚的祖護

僅剩你掌中抒情的語言
足以穿越，不讓泥土掉落
一顆未熟
而酸澀的蘋果

鹿的晨禱

沉著眼睫飲水時宛如祈禱
輕靈跳躍復離別
泅進最深的河水
你看見我了而我也
承受自己的善良愚昧

荒涼僅僅在遠方
伏首咀嚼融雪後一株新綠
幼樹苗，還未堅強
而死亡僅僅是在
隔壁的房間

給我一支碩大的荷葉遮風

給我那座蓊茂的森林隱蔽
給我。

想在眾人目光裡垂倒了四肢臥下
善於逃跑
卻寧靜，謙厚地佇立
祈禱何者何物
都純美一如隆冬茂盛的雪
被陽光浸了又曬

太陽與檸檬

——記一段在景美的日子

一起踏過椰子林的清晨
日日倒數
時光的核滾動不已
喧囂有時，恬靜有時
一起擁有了
起跑和瞌睡的姿勢
在那裡。我們亦能唱歌
當冬天是一個抽屜
呼吸的節律
在試卷背面回歸胸口

一起姍姍而至的午休
日日洗臉，疊好鉛字

逃跑，紅字——
當公車鄰座只有陌生人
若牆也有眼睛
那是白和螞蟻——
而我亦是雪藏般
銘記了所有，日行動物
夜行淚水

你是幸運的，而我亦能
讓太陽與檸檬飽染我們的顏色
讓輕率的心眼得以
復歸寧靜，因為一筆紙箋
一盒削好的蘋果
因為後來
我們念記的每一次相視而笑

遺忘

眠是成了
但河還在那裡
也不再呼喊我渡去了
沉睡時潛入的谿谷
我也不再勤懇於記憶了

掌心朝上向下都是空乏
最親愛的東西都將隱蹤
我佇立岸上
如同等待時間
時間從此噤聲
我看見心，看見耳
聽見先知途經一則憂傷的寓言

風起時我便獨行
踩碎乾涸的土壤
去探那對面的無所有

傾斜而飛

——給我的三類組學生

醫藥，法律，商業，工程，這些都是高貴的理想，維生的必需條件。但是詩，美，浪漫，愛，這些才是我們生存的原因。——《春風化雨》(Dead Poets Society)

太多高貴理想
維生的必然條件
培養皿與清澈的白袍
皺褶草綠的衣衿
乞討上一個分鐘
你必然能夠塗了又寫的
必然能夠先於鄰座，與鄰座的他人
你仰望跟前這堵方長的建築反問
「為什麼今天是一個同平常一樣的天」

我不能允你將來恆在
但允你鷹的勇敢

而你不能旅行
開始的遠足如同冬眠，如同不再啟程
你錯覺它是否異常沉穩
顛倒白日，不容侵擾
比童年更刺眼
難以包容，短暫而無垢的
你傾斜而飛

（倘若你遍處搜尋夢的畫片
並以指腹輕觸另一個人的……）
窗外，眼淚落成一場赤誠的雨
它默許你醒覺的今天
為什麼十七歲的你
與我非常相似

一半

十二月初次到臨
他以完整的枯葉
預示我的將來
貓　提前離去
帶走行李：瓷白　乳酪白
一團潔淨的雪

我短暫放棄了顏色
一半甘心
一半藏進袖口

我的鞋履滲水
地氣潮濕　我們因此跌入

缺陷的　時光深處
雪非常容易
在委地時變黑

生來漸漸感到一種辜負
他把我養大　予我生的狡點
死一般輕微
而貓，只有貓在聽我說話

金九昨日

——孟春，記金瓜石與九份

一、戰俘

大洋之外，硝煙天空之外
小小的你蹲伏礦的甬道
最險峻的。宛如戰壕的……
在失去指南針的島嶼北方
鑿出隱在岩裡的礦脈
像鑿出短暫的童年
碧綠眼球上的詩

鄉愁呢，是懸在睫上的泥
悉心擦去以便淋滿山城的雨
像遙遙看去，無數重疊的小山

何以羸弱
何以擺盪扭傷的雙臂
他們的膠卷透光
有你深深的輪廓反白

二、淘金

我與不熟識的人相偕來這裡
挖掘，掏洗，彷彿並不熱心於
傷感主義，大自然為何憂患
不假思索未來的棲處
在不曾約定的女子房間裡
躲避爆破的煙霧，汪洋如海
五番坑之外
日日春來年才開

三、舊山城

掀開油毛氈屋頂，容易
在風裡逃亡
旅人總是拾級而上
將祕密信手埋進沿途的凹痕裡
拾級而上
驚喜於烏黑的聚落
彎進茶館，推挪著直到燈火的近處

而我將以博物的修辭讀你
泰然地坐在你的位置
或者以摩娑一隻野貓的姿勢
柏油還燙著，容易
焦灼翻飛的冊葉

時間眺望

——在銀閣寺

仍然，關於時間
途經古松墨黑的樹幹
啊看，它彼時就生在坡上
養護天光以及
蟻群，遊人，一片早紅的簇葉
在夏天裡太惹眼

銀閣仍然恬靜
一如古老的時間
如池水承受落葉
與落滿石階的枯枝
腐朽不見
雪色的光澤，也不見

在哪裡都是眺望
千年傾圮又修復的屋瓦
銀閣坐在前方
池心涌出昨日的魂魄
話語還在
而我不在

海相

——記淺水灣

我往海的方向走，朝向等量的
雲與漂流木
同為一種棲息
潮差最高的季節身後
我沿屋瓦的殘片，執意
將手裏最後的象徵交付
藏有狡黠點子的精靈

防波提的邊上，有人佇立
他不曾背離海的方位
將那些曲折的，不曾袒露的愛
說給海的孩子聽，淚眼
像柔軟的詞語尚未觸及

意義。倘若我的皮膚不再恐懼
夏末的樹枝燃燒
嘈雜的意念，以煙火之姿
騰空，使雀鳥噤聲……

交談對象的住址，已經隱匿
仍有偉大的陌生人以唇齒
貼近愛情的腔調
「這一片薄薄的陽光
腳趾和沙的繾綣
怎麼轉譯呢。」倘若這時
幼小的蟹，輕巧游泳
在生苔的石背面嬉戲，連日來
第一次，我將不再徒勞地
旋轉於字與字
或缺席的物體之間

泥的信任

——在溪頭通往忘憂森林的山路

旋轉。眼前這片玻璃
不停旋轉
我不太熟悉早晨
它的哀愁是多邊形
它只適合銀杏森林
它們讓我開始
相信泥濘
同車的人看起來都渴望
崎嶇，從那時起
我就有些事
只想對他們說
我的心，還算強壯
但它曾持護過許多眼淚

你們
還想要嗎

輯四

比星河更遠

金色

——記舟越桂（一九五一—）

扮演男人手指，在女人背面
成為炭筆，沿著脊梁
靈魂凝視無窮遠的他方
雋刻鼻翼時
謹守一種金色
此刻獸類安棲在幻想的肩窩

吸菸，卻迴避真實的焰火
孤獨格外渾圓，彷彿對稱的乳
他的欲望是字
複寫在女子後頸才墜入尋常
鑿開宇宙

一如刨光杉木之心

他說腰腹最狡猾
他喜歡皮膚最像生活
夜夜夜夜
愛與憂鬱皆漸次成色
乘著游移的唇
航向眼珠的寶石泛光

註：舟越桂為日本木雕人像藝術家，「夜夜夜夜」借其作品名。

你睡在哪裡

——觀James Mollison攝影系列〈Where Children Sleep〉，
看世界各地孩子的肖像與睡眠之所。

這房間與天空接壤
月光低伏，山脊層層如同將要剝落
你睡在哪裡
枕上黏稠的髮
你如何瞌睡一道夢的微光

煙硝升起，沉落
你拾來被丟棄的沙發
衰老的皮革敞出柔軟的芯
它在灰茫的夜裡說話
敲不進你耳膜
滾落泥牆之間的淺溝

你或者扯下觀光客的錶
鎖在手腕骨骼上
讓秒針開始執拗地爬

你如初盲之人
立在失語的神啟前面
仍然活著，用無數回的醒轉來乞討
若是你膩了，點燃一口菸
把宰殺的氣味抽乾
讓夜晚交疊它粗礪的掌
那時，你睡在哪

你九歲時夢過最好的夢
把曙光扛在肩膀
它輕盈，浮鬆而且赤裸
你站在自己的房間
（它庇護你的睡眠）

昂然抬腿，跨越隱匿的門檻
穿巡陌生的臉孔之間
找一個被寬容的名字

這樣的週末

不想度過這樣的週末
我輕輕寫下，宇宙，綿羊。童年時攀過的樹
繞行如朝著太陽奔跑的癡愚者
當你重新問起
所有未完的事，鄰人的黃昏
一封陌生訊息——
壓在心口的海平面下
眼淚便覆蓋樹根最深邃的地方

不想度過這樣的週末，每一次
赤身淋雨，和假想的稻草人搏鬥
我握拳，嘶吼以致暈厥
事物的輪廓昏暗

乾燥的風把心願帶走，假想
這是唯一必要的惡

這樣的夜晚，不想輕易。不安靜
我被長相頑皮的冒號絆倒
它天生擅於傾吐如一對魚眼
我輕敲水族箱，像在對鏡
四面牆壁陡然湧現
水的聲音

如果有這樣的週末
昨日的收音機，低低轉入陌生頻道
我還在聽——
聽頻率在跳躍，豐饒的迴旋
宇宙的波紋如無垠折射的七色光
聽被愛著的人，美麗無比而渾然未覺

或許從今天起，唯一讓人消沈的
是我的耳朵將無法
容納全部人的願望

比星河更遠

夜中見巷弄間一落難野鴨，長久蹲伏不動，張口無聲，狀似無足。

在這裡，我偶然定居
夜行貨車，樓梯間與打烊的小販
我反覆張望
讓歡騰的人群各自走散
吃掉自動門和綠燈
吞下廢棄的遮雨棚
夜晚無歌，仍有螞蟻列隊
發動最盛大的饗宴

都是池塘與草
都是野地在夜裡把我圍繞
時間的詞懸在最促狹的段落
讓人們急著去摘

讓夏天的水黽跳過

季節如此火熱
夜晚仍在重來
偶然間我定居於此
我不再擺動雙腳
我想這樣，張望比星河更遠的系統
戀愛著青苔，生在荷塘之畔
我懂得划水的節奏
和雲的倒影有了相視而笑的默契
看天氣的生滅
任其自然

我也曾在水中轉彎
讓路給魚，像駕駛讓路給孩子
他們說，任其自然——
我張口卻像掐緊嗓子

故事消音了
孩子走開了
一雙腳在記憶的海中
搖晃不已

在小城上

——費穆《小城之春》（一九四八）默想

藤籃裡蔬菜還鮮嫩著
最春的綠
細軟的小蟲乙乙爬進
葉脈多皺的心裡

沿城牆的邊緣一直走
把荒脊的日子走完
我的鞋底也漸漸
碾平或許的影子

將你的歸返補綴成一面梔子花的扇
重重的窗外
都是你的天氣

你吐息是紅椿象據滿一棵樹的盛壯
你的舌，仍擅長年輕的歌謠嗎
你以西洋的病理回身看我
我便成了一架戴好花冠的骨

十六歲開始我便老了
你也再無家可回
胸膛結一朵我親植的蘭
你便帶著它一一尋覓
一再遺失

撿起一只委地的蟬翼
玻璃窗子裡
你曾住的斗室
不染塵埃

一天，當終於有一天

——記太陽花學運

奇怪的是我們切割那些歧出而毫無窒礙
烏托邦的方向總是親近太陽
我們棄置曾在手中持握的票券
它曾筆直朝向日光
它是垃圾，唾沫，它是操舞傀儡的線

我們的生活因創造一個神祇而豐富
他祕密通信我們春天的行伍
啊他汗濕額頭我們也因吶喊
提前據領熱季的島嶼
他說，光
而我們汲汲尋索事物的命名
像孩子喜歡一個遊戲那樣真心

這春天我們徒手搬演一部影集
看不見的永遠在那裡
我們深諳
如何扮演短暫聚集的烏鴉並擁有英雄的憤怒
我們回望家的路途
一個安靜的清晨逆了光

我們偏好頻繁的錯認
那些被錯認的日常的遺漏……
雷雨侵襲以致於盲
我們長成同樣的臉孔
同樣乾涸的唇同樣因遺忘時間而衰老
我們不辨彼此正確與謬誤的與之並行
一天當終於有一天
神呢你看他眼角像我們低垂
他甚至咳嗽，呵欠，吐出酸泛的昨夜

他度過了很壞的一天但我們什麼也沒有
沒有人毀壞或遠離
我們重複剪輯那天那個場景直到不再複習

一天當終於有一天
雨水浸透我們黑色的髮
它有清晨一樣的透明

杜子春

屋室俱焚，嬰兒血濺面容
那不是，烈烈的紫焰騰天
山嵐由濃轉淡，裸露
雲台峰幽深的曲徑
跨越三劫，你襤褸而歸
雷霆在身後絖如新鼓

你還是拒絕聲音的啞女嗎
三劫以前，老人佝僂如弓
「慎勿語。」別說了，大水已淹過頭顱
你還是忘卻妻子姓名的不動心者嗎

世界是透明的，你輕易看穿

哪裡還讓你容身
遍地荒煙，長安人盡皆沈默
金睛淌出人血一般的淚
你已不是蕩心搖曳的你

彩雲如練，鸞鶴翔集
你讓昨日的夢迸發咽喉的促音
喟嘆無法抑止了
以愛之名，你是誰
你還是世間落魄的負心者嗎

於是你記得了
記憶是蛇吐出豔紅蛇信
妖嬈你，蠕蠕爬行你
冬季，你衣破腹空
徒行長安中，你是誰
為何無畏雷霆猙獰的地獄

在神的眼下不見愛惡
在夜叉跟前端坐豁然的姿勢

你是誰，為何不明妻子的身份
俄而焰火熄，鬼魂滅
峭壁之下，荒地長出曼陀羅
你看穿生命的剎那是一遭幻遊
隱喻已經袒露白皙的腹
任由撫摸，和指認。

多少銀子堪你揮霍？老人的雙眼
混濁如降雨前的晦暝
你是誰，為何浪躑現世的繁華
隱然有笙歌往復
在前朝，引燃靈魂的火苗
你的罪愆還未能度量
你是誰，為何心如虛室

華山千年的霧，我再也撥不去

註：杜子春，唐傳奇名篇人物，原為蕩盡家產的世家子弟，偶遇老人三番以財富相助，後隨老人上華山煉丹修仙，面對諸多幻象不可言語。最後子春轉世為女，見丈夫將孩子摔死而痛苦發聲，因此破戒、修煉未果，子春愧然而歸，行方不明。

世界中央

——給月光下的藍色男孩們

沙是透明，黑是獨自
在世界中央有霧
海濱有月光閃現
有人一面彈琴，一面
重複著明天

世界中央
海有其洶湧也有，溫柔
如最後一對人類
菸是焦黃。多皺的海浪是被褥。
月光出沒的星球
公路通往僻壤
我感到格外清涼

我能辨明你的盛開與躺下
不諳游泳卻敢一躍而下
聽愛的多語言，在說
你的隱蔽，與佛然的血
赤腳奔上唯一的原野
你再也不必守護人們的夸談

為海岸膽下邏輯地帶
你出現，用餓與渴的形象
隨月光來去
再也沒有更昭然的憤怒
更相似的，在我這裡——
我們在煙圈裡換氣
一起見過最遠的地方
解釋油然的愛

註：《月光下的藍色男孩》（Moonlight, 2016），以男同志感情為題材的電影。'The Middle of the World' 是主題曲之一。

後知與幻覺

李蘋芬

0

這幾年我花了點時間，寫下他人之種種，在紙上字間談論別人的詩，沒有一次游刃有餘，刀刃太厚而間隙不容，卻每每讓我感到一種實質，這在我其他的事物經驗中很罕見。

暑期曾在影展做志工，按電影時刻表行進的工作排程，把時光切割得破碎不整，我高聲邀請觀眾入場（後來想起，他們都像科幻電影中浸淫VR世界而試圖遊離於悲傷現實的人），驗票剪票，指引路線，帶姍姍來遲的觀眾入席。其中有很多時間的空白，要和同事們一起浪擲，我經常感覺自己不在那裡，身體投入聊笑閒扯，靈魂正在遠離。或者教書，我的教學內容總是充滿意外與奇怪的即興，鐘響後我回溯台上言行，往往下了定論：「因為我好像不在那裡。」

在與不在都是問題。書寫之所以重要，因為現在的我，想像不了任何比它更實際的事情。

當我要談論自己，便奇異地懷有親狎的恐懼。

1

生活的龐然和無措，直到非常遲了，我才稍能認識它。

收到報社來信，我正在廚房，油煙伴隨隔夜碗盤，堆疊於狹長空間，我煎了雙蛋荷包，總是憂慮蛋黃太生，它們都在鍋底待得很久。這些平淡的事，讓那個耽想親近文學將是如何虛華、如何潔淨的自己，變得遙遠。多半時候，誰不是數次嘗試拗折身軀，適應不同寬幅的抽屜呢？

這樣過著，我詫然知覺，字被我寫得魯莽了，詩也遠了，遠在曖曖不明的燈下，我曾擁有那盞燈的全部光線。

入秋以後，我的貓也啟程遠行，我欣羨他抵達眾人無法碰觸的玻璃時空，在人間的十一年，他尚未學語，已然學飛。他教會我，距離不過是色、是物理；他讓我學的，抵抗對一切的懷疑，便是把字寫好了，蛋煎熟了。

2

談談貓的死亡，某些層面上，等同我一個階段的詩的瀕危。

一切事物消轉得極快：八月我在海濱旅行，返家後，他養成膩在我房間角落的慣習。九月我開始新工作，他躲進日照充裕卻遠離人煙的陽台，醫生說他不剩什麼了，時間將會變得很短，很短。

十月的早晨，出門前他的瞳孔急遽放大，我以為那兩丸墨黑的瞳仁仍能映照我自身的影像。家人來訊，時間著實太短。

課程正來到作者中年時回顧少作，補述對亡妻的悼念，日月不淹，妻子親植的枇杷樹已亭亭如蓋，我說，他明白身體會消亡，但生命將藉由其他方式延續。身體如室，久之壞而不修、不容長居，對與錯我皆無法肯定，因為有塵霧一直翳在眼中。結束工作，我到兩百公里外的J市演講，凌晨返家，他已安臥於紙箱，如我們初見那樣，我第一眼就喜歡他了。

往後數月我無法再寫詩，字是有的，潰散不清。夢裡貓仍病著，我替他唱經，只覺自身恐怖最難渡化。

3

淺眠時的脈搏，把字寫橫的夢境，一一建構我的現在。想像的事物輪廓，與它相隔一段距離，於是顯得格外清楚，在這段間隔，這至美的空隙之間，我得以活。

幼時的某些夜晚，我曾在紙上虛設一座村莊——一個地方，我命名並在使其數行之間生滅，往後我想像著這個地方。在彼時純稚的敘事中它充滿紅糖，並擁有完整四季的幸運，我遂有了安得其所的幻覺。

文化地理學者說，當殖民者第一次看見海洋，並不認為它有任何意義，因他們深信陸地才為人所居，陸地有意義，海洋是輸運的中介，種種抵達以前的流動。但地上的住民不作此想，海洋才是能被確知的地方。我猜想陸地就像，人困於己身而無法自由的空間，只是海洋的摹倣。

我與詩的距離愈近，愈顯出左支右絀。讀詩是一件事，分析它是一件事，寫它，則是消耗。我以為苦，獨自作業，磨礪得手生繭；我愛直覺勝過等候，隱隱閃爍的，比我遍地搜羅的更珍貴。轉瞬間，我復重獲歡愉，手舞足蹈，毀棄地誤認自己，又替她把臉洗淨。循環往復，舊調重彈的薛西弗斯式步履。我仍羨慕詩，把人生的錯誤和疏漏重建得那樣好。

學院中的論述姿勢，我始終沒能貼近。我容易分心，或言詩是寬容甚至樂見人分心的文體，但願如此——閃神的瞬間，一萬個念頭漂流的去向，它都承受並把我變好了。寫詩的這幾年間，我愈發會心地追逐詩的模樣，它的內容，它的所以然。倘若我的字震動了誰，那對我而言，毋寧是作為一個人的我，隱藏於日常中的樣貌和舉措，與他們產生了同樣頻率的鳴動。

4

詩集得以出版，謝謝母親始終給我自由，與未免浮誇的鼓舞，謝謝不大懂詩的父親，從無解到無條件支持我往文學孤獨遊覽。

我習詩的時間不長，大學在陳義芝老師的習作課上，寫出第一首趨近嚴肅意義的詩，謝謝他一直以來的寬容。謝謝楊佳嫻老師，在不同場合與我相遇，同時給我朝向耽美與「地氣」詩人典型的理想。每次見零雨老師，都彷彿和親人之間的祕密話語交換，讓我重拾對生活的愛意。

此外，更要十分固執地感謝唐捐老師，他如父兄叮囑我創作、研究乃至人生皆要更警醒更開闊，也如友人在「互嗆」中維繫著充滿日常感的交遊。

謝謝李潔周全的編輯，並耐心答覆我的瑣碎問題。最後謝謝與我交談的人，如果詩能完成什麼，那是在墜向空乏之際，我知道自己還能攫握的一點真實。

初醒如飛行

作者：李蘋芬
編輯：李潔
業務：陳碩甫
設計：霧室
發行人：林聖修

出版：啟明出版事業股份有限公司
地址：台北市敦化南路二段59號5樓
電話：(02)2708-8351
傳真：(03)516-7251
網站：www.chimingpublishing.com
服務信箱：service@chimingpublishing.com

法律顧問：北辰著作權事務所
印刷：漾格科技股份有限公司

總經銷：紅螞蟻圖書有限公司
地址：台北市內湖區舊宗路二段121巷19號
電話：02-2795-3656
傳真：02-2795-4100

初版 2019年4月30日
ISBN 978-986-97054-5-5
定價 NT$360 HK$100

國|藝|會 財團法人國家文化藝術基金會補助

國家圖書館出版品預行編目(CIP)資料

初醒如飛行 / 李蘋芬作．— 初版．—
臺北市：啟明，2019.04 面；公分
ISBN 978-986-97054-5-5 (平裝)

851.486 107023081